Anne Tavuk Anlatıyor

Christine Beigel

Hervé Le Goff

Her Şeye HAYIR! Diyen Aslan

Tavuklar hayır demeyi bilmez.
Çünkü hayır derken başlarını nasıl
hareket ettireceklerini bilmezler.
Bu aslında iyi bir şey.

Anne Tavuk

Anne Tavuk Anlatıyor

Christine Beigel

Hervé Le Goff

Her Şeye HAYIR! Diyen Aslan

Çeviri: Güçlü Özkök

1001 ÇİÇEK kitaplar

Uykudan önce kısa hikâyeler

— Hadi bakalım! Hepiniz yatağa!
– Ama daha uykumuz gelmedi ki!
– Hayır, hayır, hayır!
– Hayır mı? Eskiden her şeye hayır diyen bir aslan tanırdım.
Ona hayır, buna hayır... der dururdu...
Anlatayım ister misiniz?

Bu aslan her şeye hayır dediği için annesi çok üzülürmüş.
– Hayırdan başka bir şey bilmez misin, sen?
diye sormuş bir gün annesi.
– **Hayır!** demiş küçük aslan
ve arkasını dönüp gitmiş.

Zebra sürüsüne katılıp
onları taklit ederek yürümeye başlamış.

Küçük bir zebra ona dönüp,

– Hah! Senin çizgilerin bile yok, demiş.

– **Hayır,** yok.

– Yoksa sen kendini zebra mı sanıyorsun?

– **Hayır.**

– Yoksa bize saldıracak mısın?

– **Hayır.**

– Yalancı! İmdat, aslan bize saldırıyor!

– **Hayır!**

Sürüyü koruyan hayvanlar hemen aslanın yanına gelmiş.
Bir leopar, bir gergedan varmış ve bir papağan da
– Saldırı! Saldırı! diye bağırıp duruyormuş.

– Hayır.

– Çabuk sürüyü terk et! diye emretmiş gergedan.

– Hayır.

Sizce de bu aslan biraz sinir bozucu değil mi?

Sinirlerine hakim olmaya çalışan gergedan,
olabilecek en nazik şekilde, yumuşacık bir ses tonuyla
bir kere daha rica etmiş:
– Sevgili küçük, rica etsem bu zebra sürüsünden
ayrılma inceliğini gösterir misin, lütfen?

Peki, sizce aslan ne cevap vermiş?

Bildiniz,

– Hayır!

Ama bir cevap vermeden önce iki kere düşünmek gerek.

Artık aslan için çok geç.

'Hayır' demeden önce düşünmesi gerekirdi.

Gergedanın bir işaretiyle, leopar aslanı boynundan yakalayıvermiş.

– Hayıııır!

– Güle güle ufaklık.

Ve leopar, ağzında aslanla gözden kaybolmuş.

Leopar o kadar hızlı koşuyormuş ki
kısa sürede dünyanın öbür ucundaki bir adaya ulaşmış.
Dünyanın en korkulan hayvanının yaşadığı Evet Adası'ymış burası.

Sekiz tane kolu olan şu kocaman
karaltıyı görüyor musunuz?
Yoksa, bu karaltı...

"HAYIIIIIIIR!"

– Bayılırım **“Hayır”** diyen aslan yavrularına, demiş ahtapot ve öpmek için aslanı kollarının arasına almış.
Bilirsiniz, ahtopotların kolları yapış yapış olur.
Bir ahtapotun size sarılıp, öpmesini hiç istemezsiniz.

– Şimdi kocaman bir öpücük ver bakalım bana, seni sevimli şey!

– Eh, artık ben gideyim, demiş leopar ve koşarak oradan uzaklaşmış.
Leopar gidince, aslan ahtapota dönüp ne demiş tahmin edebilir misiniz?

Ne demiş? Evet, ne demiş aslan?
Dememesi gereken seyi.
Yine **"Hayır"** mı demiş?
Bildiniz. Ve aslan bu kelimeyi kullanmayı
bırakana kadar birlikte "evet-hayır" oyunu oynamışlar.
Bu hikâye de burada bitmiş.
Sizce de artık uyku zamanı gelmedi mi?
– Evet, geldi anne.
– O zaman hepiniz uykuya!"

Hâlâ rüyalar âlemine "Evet" demediyseniz,
Anne Tavuk'un başka hikâyeleri de var:

Ay'ı Söndürmek İsteyen İnek
Okula Gitmek İstemeyen Zebra
Uyku Arkadaşını Arayan Ayı
Yatağını Islatan Kanarya
Uykuya Dalamayan Koyun

Her şeye "Hayır" diyen başka bir hayvan biliyor musunuz?
Hem ata, hem eşeğe benzeyen bir hayvan.
Sahibi ne kadar ısrar etse de yerinden kıpırdamayan bir hayvan?

Eveeeeet!

İnatçı katır.

Evet-Hayır-Evet-Öpücük,

Guguk Kuşları!

BİNBİR ÇİÇEK KİTAPLAR
Yuva Mahallesi 3702. Sokak No: 4 Yenimahalle / Ankara
Tel:+90–312 396 01 11 Faks: +90–312 396 01 41
www.binbircicekkitaplar.com
Yayıncı Sertifika No: 12382
Matbaa Sertifika No: 13651

Kitabın özgün adı: Le Lion qui disait toujours non ! © Hachette Livre / Gautier-Languereau, 2010
Yazan: Christine Beigel, Resimleyen: Hervé Le Goff

Yayın hakları Akan Ajans aracılığıyla alınmıştır.

ISBN: 978-605-341-348-6

Ankara, 2017
3. Baskı

Çeviri : Güçlü Özkök
Yayına Hazırlık : Boğaç Erkan
Sayfa Düzeni : Özlem Çiçek Öksüz
Kapak Uyarlama : Lodos Grup
Baskı : Yorum Basın Yayın San. Ltd. Şti.
Başkent Organize Sanayi Bölgesi,
Recep Tayyip Erdoğan Bulvarı, No:12,
Malıköy, 06909, Sincan/Ankara